LE BANQUET

DES DIEUX.

LE BANQUET

DES DIEUX;

DIVERTISSEMENT

POUR LA FÊTE

DE MADAME BUCQUET.

Présenté le 14 Août 1774.

M. DCC. LXXIV.

PERSONNAGES.

PALÉMON, Berger inspiré.

LYCAS.

MYRTIL.

TROUPE DES BERGERS.

LE BANQUET
DES DIEUX.

Bergers, raffemblez vous à l'ombre de ces hêtres;
Uniffons aux accords de nos flûtes champêtres
Les plus brillans accens du langage des Dieux.
L'Olympe pour Philis va defcendre en ces lieux;
L'Olympe s'intéreffe aux jeux de nos bocages.
Jamais jour plus brillant n'a lui pour nos hameaux;
Tous les Dieux à Philis vont rendre leurs hommages
Tout fuit fes douces loix. Pour des jeux auffi beaux,
Que de fleurs à l'envi chacun orne fa tête :
De Philis aujourd'hui nous célébrons la fête.
Que du doux fentiment qui tourmente nos cœurs,
L'innocente alégreffe en beaux chants fe déploie ;
Philis eft notre honneur, Philis eft notre joie.
Pour moi, dans ce combat, aux plus heureux vainqueurs

Je cède le laurier,
Je ne veux que l'honneur de chanter le premier.

Comme on voit la rose,
Fraîchement éclose,
Peindre ses couleurs,
Quand la jeune Aurore
Dans le sein de Flore
Vient verser ses pleurs ;
Ainsi sur ses traces,
La jeune Philis
A fixé les grâces
Dont sont embellis
Ces aimables lieux.

TOUS LES BERGERS ENSEMBLE.

Toujours sur ses traces,
La jeune Philis
Fixera les grâces
Dont sont embellis
Ces aimables lieux.

PALÉMON.

Doux présent des Dieux,
Reine des bocages,
Sous ces beaux ombrages
Elle a plus d'attraits
Qu'Amour n'a de traits ;

Plus qu'aux tendres fleurs
Qui viennent d'éclore,
La plus belle aurore
Ne donne de pleurs.

Tous les Bergers ensemble.

Doux préfent des Dieux,
Reine des bocages,
Sous ces beaux ombrages,
Elle a plus d'attraits
Qu'Amour n'a de traits.

PALÉMON.

Sa beauté charmante,
Sa grâce touchante,
Sa vive douceur
Brillent pour mon cœur
Autant qu'à vos yeux.

Doux préfent des Dieux,
Reine des bocages,
Sous ces beaux ombrages
Elle a plus d'attraits
Qu'Amour n'a de traits.
Et notre hameau,
Quand Philis l'éclaire,
Eft cent fois plus beau
Que ne l'eft Cythère.

TOUS LES BERGERS ENSEMBLE.

Oui, notre hameau,
Quand Philis l'éclaire,
Est cent fois plus beau
Que ne l'est Cythère.

LYCAS.

Bergers, il faut encor, pour mieux plaire à Philis,
Célébrer le bonheur de l'aimable Daphnis;
Daphnis qu'elle chérit, Daphnis fait pour lui plaire,
Que du plus bel enfant elle a déjà fait père.

Le Dieu charmant qu'on adore à Cythère
N'est pas plus beau que l'enfant de Philis :
Comme en tous lieux on la prend pour sa mère,
Vénus s'y trompe, & le prend pour son fils.

On voit déjà dans ses beaux yeux
Briller tout l'esprit de son père;
Il sera, comme lui, chéri de tous les Dieux,
Et saura, comme lui, nous aimer & nous plaire.

Le Dieu charmant qu'on adore à Cythère
N'est pas plus beau que l'enfant de Philis :
Comme en tous lieux on la prend pour sa mère,
Vénus s'y trompe, & le prend pour son fils.

PALÉMON.

J'espère plus encor ; nous devons nous attendre
   De voir bientôt, d'une fidelle ardeur,
Par de nouveaux enfans, ce couple aimable & tendre
Assurer du hameau la gloire & le bonheur.
Oui, sans doute, les Dieux orneront la Beauté
Des dons les plus brillans de la fécondité :
Comme on voit dans nos champs une tige fleurie
Donner à notre espoir des fruits délicieux,
Et reparoître encor, pour le plaisir des yeux,
Sous un nouvel éclat, plus belle & plus chérie.

MYRTIL.

Palémon le devine, ou bien un Dieu l'inspire :
Car tout seul dans nos bois.....

PALÉMON.

                    Myrtil, que veux-tu dire ?

MYRTIL.

Que d'un nouvel enfant de l'aimable Philis
Nous allons voir bientôt nos bosquets embellis,
Et tout seul dans nos bois j'en ai reçu l'augure.

PALÉMON.

Explique-nous.....

MYRTIL,

Guidé par un tendre murmure,
Que j'entendois sous nos ormeaux,
Je cherchois, pour Philis, l'aimable tourterelle.
Du véritable amour doux & parfait modèle,
Quand tout-à-coup deux tourtereaux,
Gages naiffans de fon amour fidèle,
Ont effayé leur vol fous les jeunes rameaux.

LYCAS.

Myrtil, l'augure eft clair; ton bonheur eft extrême;
Tu chanteras l'enfant que tout veut que l'on aime.

MYRTIL.

Heureux Bergers, l'Amour écoute vos chanfons;
Et l'Amour à mon cœur n'offre rien que des peines:
D'un infidèle objet les rigueurs inhumaines,
Ont de ma voix étouffé tous les fons.
Mais ma mufette éclatera fans ceffe,
Quand l'enfant, annoncé par ce préfage heureux,
Aura du beau Daphnis couronné la tendreffe,
D'un nouveau gage de fes feux.

PALÉMON.

En attendant, de votre fête
Tout va célébrer le beau jour.
Flore, pour s'embellir, orne votre tête,

Et les Dieux près de vous vont établir leur cour.
Interprète des Cieux, Apollon me l'infpire ;
Dans les fecrets des Dieux il me permet de lire ;
Apollon, comme nous, a conduit les troupeaux ;
Apollon aux Bergers fut toujours favorable,
Et les Dieux ont fouvent fréquenté les hameaux.
    Il m'annonce qu'à votre table,
Autour de la Beauté, les Dieux feront affis ;
Que les Bergers viendront au banquet délectable,
    Rivaux heureux, leur difputer le prix.
Là, tous, le verre en main, nous compterons vos charmes.
Vénus n'y fera point ; elle vous rend les armes :
Mais Bacchus, tout joyeux, menera les Amours.
Leurs flambeaux produiront l'éclat des plus beaux jours.
    A cet éclat, nous verrons fur vos traces,
      Légèrement, fauter les Grâces ;
    Et le Plaifir, fur vos pas arrêté,
    Ofera bien, dans cette aimable orgie,
      Mêler fa plus douce furie
      A leur tendre ingénuité.
Efculape lui-même, à qui vous êtes chère,
Déridera fon front, &, dans la bonne chère,
      En careffant la Volupté,
      Il conviendra qu'en Epidaure,
      Sous les rofes de la Santé
      C'eft le Plaifir que l'on adore.
    Auffi demain, dans cette aimable preffe,
      Le Plaifir feul fera chanté ;

[10]

Et par la plus vive alégreſſe,
Tous nos Bergers épanouis,
Aux hommages des Dieux mêleront leur tendreſſe,
Près de vous réunis.

Demain, dans cette aimable preſſe,
Le Plaiſir ſeul ſera chanté;
Et par la plus vive alégreſſe
Cet heureux jour ſera fêté.

F I N.

LA VOIX
DE LA CONSCIENCE

A

ROUSSEAU DE GENÈVE.

SUJET LYRIQUE.

ROUSSEAU DE GENÈVE

Dans son Desert.

Qui vient troubler ici le repos que je goûte ?
Dans ce vaste Desert qui peut porter ses pas ?
Eh quoi ! De la céleste voûte
Part la voix que j'entends ! . . . .

ORACLE.

Mortel coupable ! écoute :
Mes oracles sont sûrs : ne les interromps pas.

A

» Toi, qui naquis au sein des Villes,

» Et qui, dans l'âge de raison,

» Aux institutions serviles

» Fis la guerre en Agamemnon :

» Sublime & vigoureux Génie,

» Sage jusque dans ta manie,

» Jette les yeux sur tes écarts !

» On est grand, au moins on peut l'être,

» Si, quoique foible dans son Être,

» On est, fort contre soi, franc de honteux égards.

» Tu cherchas la vérité pure,

» Je le sais : Oui ! j'en suis garant,

» Moi, que tu nommes LA NATURE,

» Et qui te porte dans mon flanc ;

» Moi, qui des replis de ton ame

» Connois l'antre, y portai la flâme

» Dont les rayons t'ont éclairé.

» Tu la cherchas : sur quelles traces ?

» Des Tullius & des Horaces ?

» Guides fautifs, hélas ! ils t'auront égaré.

» Loin d'ici la voix infidèle

» Des Préjugés & de l'Erreur !

» L'efprit fe battroit en rebèle ,

» Je ne veux citer que ton cœur.

» Qu'il réponde ! Eh ! quelle furie

» T'a fait abjurer ta Patrie

» Et décliner fon tribunal ?

» Au Sujet , au Citoyen même,

» Eft-il donné , par un blafphême ,

» Avec le Souverain d'ofer trancher d'égal ?

» Ce Souverain , d'ordre précaire ,

» C'eft moi qui le fais ce qu'il eft.

» L'injure ! à moi tu l'as fû faire ;

» Et tu dors fur ton intérêt !

» Ne crains-tu rien de ma juftice ?

» Bien qu'elle foit toujours propice

» A qui reconnoît fes travers ,

» Je me le dois (tu l'as fû dire)

» D'être jaloux de mon Empire ,

» De venger mes affronts fur tout Être pervers.

» C'est affez ! Répare ta faute

» Avant de defcendre au cercueil.

» Retourne à Genève , comme hôte ,

» Immoler ce fatal orgueil.

» Laiffe le fafte d'un vain titre ,

» Qui , moins que moi , te fit arbitre

» Des droits de l'honnête & du vrai.

» C'eft moi qui t'ai fait leur Apôtre.

» Titre plus noble que nul autre ,

» Songe à le conferver ! Refpecte mon décret !

F I N.